GRISEL Y MIRABELLA

Juan de Flores

Grisel y Mirabella

Tratado compuesto por Johan de Flores a su amiga.

Como en fin de mis pensamientos, concluir en qué mejor serviros pueda mi voluntad, busqué en qué trabajar con el deseo de hacerme más vuestro.

Y no contento en serviros sólo en las cosas más a mi convenientes, sino aún más, en aquellas que más ajenas que mías puedo llamar esto porque si con la autoridad de ciencia de que carezco, presumía hacer cosa a mi bien excusada, no miré que daba causa de publicar mis yerros-, el que no sabe la falta de mi flaco juicio, la sepa.

Y así sin más determinar en ello, salvo señora, que vuestro favor puede dispensar mi osadía; por ser yo tan vuestro, sin más temor y vergüenza, puse en obra esta mal compuesta letra.

Y no hube de buscar gracia en el hablar como a tal caso convenía.

Y si ello no está tal que de oír sea, vos señora, merezcáis la pena de mi culpa, pues está claro que sin esfuerzo vuestro yo no osaría atreverme a tan loco ensayo.

Si por ventura, lo que no creo, algo de bien hay en ello, a vos que se ha de dar la pena, den las gracias, pues yo de esto solamente soy escribano.

He trabajado comunicando parte de vuestras discretas obras, aprovechándome de ellas. Por lo cual, bien parece que sin esfuerzo de vuestra ayuda no pudiera hacer cosa que razonable fuese, y si vuestro favor en ello no me ayudara, diera grande ocasión a la risa y malicia de los oyentes.

Y por esto lo envío a vos señora, como persona que lo malo encubrirá, y lo comunal será por más que bueno tenido, y si del todo fuese inútil, para que le deis la pena que merecen mis simples trabajos, y no más de vos fuesen públicos mis defectos.

Pues es razón, que así como habéis sido causa de darme soberbia, que seáis reparo para la culpa de ello.

En el reino de Escocia hubo un excelente rey de todas virtudes amigo, y principalmente en ser justiciero. Era tan justo como la misma justicia.

El rey, en su postrera edad, tuvo una hija que después de sus días le sucediera en el reino. Y esta llamaron Mirabella. Y fue de tanta perfección de gracias acabada, que ninguno tanto pudo alabar y que al cabo su merecer pudiese contar.

Y como ella fuese heredera del señorío del padre, no había ningún emperador, ni poderoso príncipe, que en casamiento no la demandase. Y aunque ella fuera de pequeño estado, sólo por sus beldades y valer, la hicieran de las señoras más grande.

Y el rey, su padre, por no tener hijos, y por el grande merecimiento que ella tenía, tanto la amaba, que a ninguno de los ya dichos la quería dar. Así mismo, en su tierra, no había tan grande señor a quien la diese, salvo a grande mengua suya, de manera que el grande amor suyo era a ella mucho enemigo.

Y como ya muchas veces acaece, cuando hay dilación en el casamiento de las mujeres, ser causa de caer en vergüenzas y yerros, así a Mirabella después acaeció. Pues así como su edad crecía, crecían y doblaban las gracias de su beldad en tanto grado, que a cualquier hombre dispuesto a amar, así como la mirase, le era forzado de ser preso de su amor. Y tan en extremo la amaban, que por su causa venían a perder las vidas. Tanto, que la flor de la caballería de casa del Rey, su padre, feneció sus días en esta tal guerra.

De manera que sabido por el Rey, la hizo meter en un lugar muy secreto, para que ningún varón la pudiese ver, por ser su vista muy peligrosa, porque el desastre con buenas guardas se resiste.

Y ella así retraída en lugar apartado, dos caballeros que habían quedado de aquellos muchos que ya eran muertos, la empresa de verla tomaron.

Estos caballeros se tenían estrecha amistad, lo que no dio lugar a que el amor que sentían por Mirabella, el uno del otro supiese, por ser su caso muy peligroso, que aún de si mismos se encelaban.

Cada uno de ellos buscaba maneras para poder verla. Y el remedio de ellos, era la secreta noche en la que con diligente deseo, cada uno ensayaba de traer consigo una escala por donde subían a una red de hierro, para ver a aquella doncella, la vista de la cual encendía sus pasiones.

Y como cada uno de ellos continuaba con aquella peligrosa vista, acaeció, que estando el uno contentando su voluntad en la vista de Mirabella, el otro vino por repararse con la misma consolación, y como se encontraron, se hirieron el uno al otro muy fieramente, y los mantos embrazados y las espadas sacadas, se combatieron hasta que en las aquejadas y secretas voces se conocieron, y acordándose de su amistad estrecha y aún por no ser de la casa conocidos, se estuvieron quietos, retrayéndose en un lugar apartado, donde el uno al otro tales razones se dicen:

-No hallo causa que tan justa sea, porque yo de vos y vos de mí quejarnos debamos, porque cada uno por sí es más obligado al amor de Mirabella, que a ninguna estrecha amistad, y por esto no me parece que yo por respeto vuestro, ni aún vos por el mío, apartásemos de seguir la famosa empresa ya por cada uno de nosotros comenzada. Ni así mismo sería virtud que ambos en un mismo lugar amásemos, que sería grande mengua a tan amigable hermandad como la nuestra. De manera que en este caso yo no sé más de un solo remedio, y es que echando suertes entre ambos, se aparte nuestra contienda, y al que por dicha cupiere el seguimiento de esta doncella, siga sus amores y el otro se retraiga de ellos.

Respuesta del otro caballero:

-Vuestras palabras traen consigo prueba del poco amor que por Mirabella tenéis. Porque quien verdaderamente ama, no se expone al peligro de no caerle la suerte. Mas vos, que os ofrecéis, parece que no temisteis la contraria ventura, y el que no teme, no ama. A mí, que verdaderamente amo, no me place poner mi vida en ventura de las suertes, porque puesto que aunque pudiese, el apartarme de amar no sería en mi mano, ya que en mi voluntad libremente di lugar a que ajeno señorío la posea. Mas vos que osáis tomar ventura, ligero os sería quedar sin ella, y esta es verdadera suerte y prueba por donde vos merecéis perder aquella que vos ahora fingidamente seguís. Y no quiero con vos ningún pleito, sino que pues que más amo, más dignamente la merezco.

Respuesta del otro caballero:

-No creáis que soy tan poco constante que si no me conociese por más dichoso, y tener mejor derecho que otro, lo dejase a la suerte, mas como en las batallas y suertes se muestra Dios más favorable a la verdad, teniendo por cierto que, como ningún otro conmigo en amar podía igualarse, tampoco en las suertes se igualaría. Porque Dios daría el derecho a quien de él fuere, y por esto sabía de quedarme con ello. Y ninguna cosa dudaba, porque de mi dicha tengo tal seguridad, que nunca la hallé contraria, porque muchas veces la he hallado cierta, cuando con derecho y verdad la experimentaba. Así que bien cierto es, mayormente lo será en esta ocasión en que tanto me va. Y porque tan conocida ventaja tengo, pedía las suertes como quien la mejor tenía de su mano. Y este expediente saqué por la deuda que a la amistad debía, y por excusaros la prueba con el trance de la batalla, haciéndoos seguro de mayor mal, donde no se excusaba vuestra muerte, por el menor que solamente era la suerte, y si esto no queréis, sea por la manera que a vos mejor pareciere según la fuerza de vuestro corazón, y a lo que dijereis me obligo.

Respuesta del otro caballero:

-Pues aún la razón que ahora ponéis por excusa de vuestro yerro, os hace más condenado. Porque es cierto que todo hombre que bien ama es desdichado, y todas venturas contrarias le perecen. Mas siempre los menos dignos, cuando el amor les es favorable, no saben declarar su amor ni seguirlo y sus hechos les hacen mejor que lo que merecen. Los que verdaderamente mueren amando, su padecer de por vida llevan por galardón, y porque amor no tienen a su amada en más de lo que pueden sufrir, los que son de vuestra cualidad no consienten en penar mucho porque presto se retraen de seguir a lugar que caro se venda. Ellos no podrían seguir ni disponerse a las pasiones que otros semejantes a mí se ponen, y por esto conviene que estos sean dichosos, porque a ellos aún no pidiéndolo les dan amor, pero a los que se conoce por muy constantes, y tanto que adonde aman mueren o vencen, a estos desdichadas venturas los prueban penando. Y con el gran padecer merecen que cuando les viniere la gloria ésta sea doblada. Por sus trabajos, disfavores y males se conoce cuánto basta la fuerza de su virtud, y a los que sin pena aman, no es menester probar su poca paciencia, que con la menor fatiga que en los tales trances hubiesen, luego se retraerían del campo y sin vergüenza huyen alegres tanto vencidos como vencedores. Así que yo lo que por caro precio he comprado, no quiero ponerlo en aventura de suertes sino de batalla, pues al bien amar nunca se le apartan desdichas, Con la merced de Dios pretendo hacer comprar más caro que lo que compré, y creo es más cierto mostrar fe en Dios, que no en suertes como vuestro flaco corazón y menor verdad pide, por excusarse de la afrenta que hará engañoso vuestro amor y flacas las fuerzas que nunca fueron fuertes, y entonces conoceréis cómo en las fortunas y males crecen las fuerzas de la aflicción, y que al buen mártir de amor con la pasión de las muchas muertes se le dobla la fe. La cual está ahora conmigo. Y no creáis que podéis excusaros por otras intrincadas razones ni expedientes, salvo por batalla. Y pues esto es de fuerza, mostrad fuerza de flaqueza o dad ventaja en el seguimiento a quien de ello es digno.

El autor:

Estos dos caballeros, después de haber cuestionado mucho quién más dignamente la merecía, vinieron en tan grandes rompimientos de palabras, que el que no consintió en las suertes mató al otro. Y tan secreta fue la cuestión entre ellos, que jamás el Rey pudo saber quién lo había matado.

Aquel caballero vencedor se llamaba Grisel, y prosiguiendo éste sus amores, Mirabella, apenada de cuantos por su causa eran muertos, viendo la gran respuesta de Grisel, de su amor fue presa.

Y aunque en gran encerramiento la tuviese el Rey, su padre, ella por si sola, sin tercero, buscó manera a la más placiente que peligrosa batalla, donde los deseos de Grisel y suyos vinieron a efecto.

Y después de algunos días de grandes placeres, conservaron muy ocultos sus amores. Pero ella no pudo encubrirlo a una gran y antigua sierva suya que cuidaba de su cámara. Y esta camarera amaba mucho a un maestresala del Rey, y como se enteró del secreto de su señora, no pudo su lealtad tanto sufrir y descubrió a su amante lo que pasaba entre Mirabella y Grisel. Y él viendo tan gran error, doliéndose mucho de la honra de su señor, o por ventura de envidia movido, no pudo callar lo que el Rey desconocía: la maldad que en su casa cometía Grisel.

El Rey, cuando oyó tan feo caso, con gran discreción buscó la manera de que a ambos los tomasen en uno. Y una noche, estando Grisel en la cama con Mirabella, el Rey mandó cercar la casa. Y aunque Grisel gran rato se defendió, al fin fueron tomados y puestos por la fuerza en estrechas cárceles.

Y como el Rey fuese el más justiciero príncipe que a la sazón se hallase en el mundo, aún en aquel caso, no quiso usar de rigor en el enojoso incidente. Aún más, como si fuesen sus iguales junto a ellos se encomendó a la justicia. Y las leyes de su reino mandaban que cualquiera que en tal yerro cayese, el que más causa fuese al otro de haber amado, que padeciese muerte, y el otro destierro para toda su vida. Y como acaece cuando dos personas se aman, que una tiene más culpa que la otra en la respuesta, por esto las leyes disponían que las penas no fuesen iguales.

Y luego por el Rey expresamente fue mandado que la pesquisa se hiciese, para que la verdad fuese sabida: cuál de aquellos dos era más digno de culpa.

Los jueces hicieron luego las diligencias que al caso convenían, pero tan secreto fue el trato de sus amores, que no pudieron saber quién había más trabajado en la respuesta y seguimiento del otro. La camarera decía no haber sabido de los amores hasta que ya los amantes concertados estaban. Y como por la pesquisa no hubiese lugar en condenar a uno más que a otro, fueron los jueces por mandado del Rey donde Mirabella y Grisel estaban, a los cuales tomaron juntamente, y les demandaron dijesen quién fue más causa al otro de tal error.

Ellos como ya sabían que el más culpado había de merecer muerte, fueron preguntados, y en tal modo responde Grisel:

-Esto es sin más apurar la verdad: que yo el comienzo, medio y fin fui del cometido error, y según las demasiadas cautelas que yo busqué para tener tan gran victoria, lo que nunca se hizo ni dijo, yo lo supe hacer y decir, y así como la presa era preciosa y cara de tener, así las diligencias se requerían. Y como yo rechazado me viese, cosas jamás pensadas en mi libertad, pensé. Como esta señora fue el cabo de todas las excelencias del mundo, y los que estaban en edad floreciente, de virtuosos ánimos, en esta demanda siguiesen la estrecha senda de la muerte, yo por temor de aquélla hube de hacer cosas que en mi pensamiento precedían a las que Jasón hizo en la victoria del vellocino de oro. Y como Mirabella fuese tan peligrosa, y más lo había de ser, yo me armé de tales pertrechos, como quien pensase combatir de las bajuras de la tierra a las alturas del cielo. Manifiesto está que yo a tan alta persona vencí, y que ella no se venció con las simples respuestas de las gentes comunes. Y así con grandes requerimientos, grandes cosas le conminé a hacer, y con mis aquejadas congojas, tales y tantas artes obré, que castidad y vergüenza no queriendo vencí. Ninguna otra cosa a ella fue posible hacer, porque es cierto que quien con afición persigue al amor, también vence las cosas altas como las bajas. Por donde yo con amor y pasión ninguna cosa temía, que pospuesto todo temor y desechado de mi el despecho, como quien a tales cosas se antepone, tan bien la seguí, que por fuerza la traje vencida, así que la culpa mía no la hagáis ajena, y dejando a ella libre, a mi que la muerte merezco, la deis. Puesto que gocé de la gloria, rápida me sea la pena.

Dice Mirabella:

-Grisel, no penséis que por hermosas razones, ni saberlo bien decir, vuestras palabras puedan más que la verdad. Pues conocido es ser más deshonesto el oír a las mujeres, que el responder a los hombres. Y puesto que vos lo empezasteis, lo cual niego, si yo lugar no hubiese dado a las palabras de vuestros deseos, no consideraríais el cumplimiento de ellos. Mi deshonesto mirar, y favorecer vuestra demanda, era más deshonesto a mi, que el responder a vos. ¡Oh!, qué ligero es conocer en las mujeres cuando aman: sin condescender en lo que es demandado, dan señales de consentir en ello. De estos tales y deshonestos actos en mi muchos conocisteis. Y antes que vos pensarais en quererme, mi voluntad quereros pensó. Y con cautela deshonesta os declaré lo que mis deseos querían ¿Qué persona fuera por mi requerida, como vos lo fuisteis, que no hiciera lo que vos? Y puesto que de lealtad presumíais en casa de vuestro señor, mi merecer y beldad vence a todas las cosas, pues ¿con cuál excusa y vergüenza podríais huir de mi requerida porfía para no hacer lo que a vos da tan grande honor? Pues ¡por Dios! Grisel, debéis confesar la verdad, porque aunque yo tenga la culpa, no dudo, el Rey, mi padre, conmigo tendrá piedad. Lo que con vos su gran enemigo, ligero, tomará por culpa principal. Así pues que el yerro es mío, no hagáis vuestra la pena. Y muera la triste que lo ha merecido. Y no padezca el inocente, la muerte por mi pecado.

Dice Grisel:

-¡Oh!, enemiga fortuna, así como me fuiste favorable en el vencimiento de Mirabella, sé ahora buena para que la escondida verdad sea pública. Y vos, señora, en lo que pensáis que me sois piadosa, me sois cruel, porque vos muriendo, queda mi vida muy peligrosa, y más por vos decir que aunque sea vuestra la culpa, el Rey vuestro padre, no procederá contra vos. Pero aunque del crimen quisiere perdonaos y releve a vos de pena, ¡oh!, qué gran infamia sería para vos si tal fuese como lo decís el haberme querido, y por solo eso más quiero consentir en mi muerte que dar lugar a vuestra vergüenza. Y pues sabéis cierto ser yo ocasión de todo vuestro mal, no me seáis estorbo de la pena de él, mayormente sabiendo que mi maldad y porfiosos engaños, sabrían vencer a toda virtud. Que tan atribulado, triste y lloroso ante vos me ponía continuo, y de vos misma quejándome tanto, que sin tenerme amor, me tuvieseis piedad. Y según las cosas que yo hice y dije, creo no ser yerro lo que vos hicisteis, pues era deuda conocida. Porque yo de muy largos tiempos con muchos trabajos os he comprado, y vos no seríais hija de Rey tan justo, si no me dierais merecido premio. Y con otra ninguna cosa, salvo con vos misma, no podíais satisfacer a mi pasión y servicios, pues la condición de los grandes es hacer mayores las pagas que los trabajos merecen. Y si vos, señora, seguisteis la costumbre y naturaleza de vuestro estado en remunerar mis grandes servicios, a nadie agraviasteis. Y pues quien tan altas mercedes de vos recibió, no sea escaso de ofrecer la vida, y aunque el cuerpo muera, consolaos, pues el alma nunca muere, y estaréis segura de mi fe que siempre con vos vivirá.

El autor:

Poniendo contra sí Mirabella grandes culpas parecía ella haber sido entera causa del amor y yerro entre ellos cometido, mostrando infinitas razones cómo Grisel fue por ella casi forzado, y que él ninguna culpa ni falta tenía, y que sólo ella era merecedora de todo aquel mal. Pero Grisel negaba todo lo que contra sí misma decía, y él por salvarla de la muerte, decía ser principal causa de todo yerro que ella admitiese. Y visto por el Rey que éstos no querían confesar la verdad, los mandó cruelmente atormentar, tanto que las llagas que sufrían eran mayor dolor que la misma muerte que esperaban. Pero ni por aquello ninguno pudo tanto dolerse de si mismo, que mayor temor no hubiese del peligro del otro. Y cuanto más los atormentaban, tanto más cada uno hacía las culpas suyas. Y es así como aquella doncella, viendo atormentar a su amante, con muchas lágrimas de gran piedad comienza a decir Mirabella:

-Grisel, si de ti no tienes compasión, tenla ahora de mí. Que tus penas y las mías padezco. Pues porque quieres que muera de tantas maneras, y una muerte merezco, ligera pena me será. Mas tú piensas serme piadoso, y me eres cruel en negar la verdad. Tú no sabes como yo, así por fuerza te traje vencido más de mis ruegos muy disolutos que de tu querer. ¿Pues qué hombre fuera tan osado a decirme cosa tan grave, si en mi no viera señales de grande aparejo? Y porque yo era cierta que por mi estado, aunque tú me amaras, la vergüenza te causaría no osar decírmelo, yo como señora, así como quien te puede mandar, te mandé que fueses mío. Lo cual tú no pudiste contradecir. Ante te diera la muerte si rehusaras a mi ruego. Por tanto, así como en aquello me fuiste obediente, en descubrir la verdad no me seas enemigo y da lugar a mi muerte y no a los tormentos de ella, pues ellos al fin te lo harán conocer. Y en negarlo, mala esperanza tiene mi vida. Y tú quedando, yo vivo. Que yo tu muerte no vea, y mi vida, aunque se muera, ninguna cosa me duele.

Respuesta de Grisel:

-Tened cierto, señora, que si más no me doliese la vergüenza y tormentos que por mi padecéis que el miedo a mi muerte, ningún dolor sentiría; pues estoy seguro que al fin vos vendríais en conocimiento de la verdad. Y no se gana aquí salvo dar dilación a mi vida, pero al fin aquélla perezosa de muerte no se excusa, y pues que es mía, y mis merecimientos lo han ganado, no me lo quitéis. Si bien conocieseis cuántos tormentos me dan los vuestros, diríais que la muerte no me es pena en comparación de lo que siento por la vuestra. Mayormente, conociendo tener yo la culpa, y que vos padezcáis la pena, esto me es insoportable pasión. Y que yo quiera decir qué y cuántas cosas hice en el cumplimiento vuestro, me sería tan grave de recontar, como amor áspero de padecer. Y también si dijese con cuántas cosas y servicios os he comprado, y los trabajos que me costasteis, loándome de ello, sería merecedero de perderos, y por esto me es mejor callar. Y a Dios, a quien es el entero saber de nuestra causa, a él ruego de traeros a conocimiento de la verdad, y entre las mercedes muchas, esta no se me niegue, queriendo ya conocer yo ser causa de todo este mal. Y en perder yo la vida por vos, no me sería pena, más acabado placer.

Habla el autor:

Muy atormentados fueron estos dos amantes, pero ninguna crueldad les pudo tanto dañar que conociesen la verdad del más culpable entre ellos. Porque cada uno decía todas las culpas ser suyas.

Y como el Rey viese que no había ningún remedio para saber la claridad de este secreto, demandó consejo a sus letrados sobre qué era lo que en este caso se debía hacer. A lo cual respondieron que de ninguna manera podían conocer la diferencia entre estos amadores, más antes creían que ellos a la vez se amaron e igualmente trabajaron por traer a efecto sus deseos amorosos, e iguales merecían la pena. Pero como las leyes de su tierra antiguamente ordenaron que el que más causa o principio fuese al otro de haber amado mereciese muerte, y el que menos destierro, y como en este caso de su hija no conocían diferencia, a salvo que se examinase si los hombres o las mujeres, o ellas o ellos, cuál de estos era más ocasión del yerro al otro. Y que si las mujeres fuesen mayor causa de amar que los hombres, que muriese Mirabella, y si los hombres que ellas, que padeciese Grisel. Y aquellos letrados y oidores del Consejo Real determinadamente concluyeron diciendo que no había otra mayor razón para la verdad.

Entonces, dijo el Rey, que lo determinasen ellos en Consejo. A lo cual ellos respondieron que como fuesen personas más dadas al estudio de las leyes que de los amores, que no sabían en aquella causa determinar la verdad. Pero que se buscasen por todo el mundo una dama y un caballero, los cuales más pudiesen saber en amores, y más experimentados fuesen en tales casos. Y que ella tomase la voz de las mujeres, y él de los varones, y quien mejor causa y razón mostrase en defensa de su derecho que venciese en este pleito comenzado. Y puesto que jamás este caso era acaecido, que desde en adelante fuese determinado y escrito por ley.

Y a este consejo vino el Rey, y luego mandó que se buscasen personas que fuesen de tal calidad como el caso convenía. Y en aquel tiempo había una dama de las más prudentes del mundo en saber y en desenvoltura, y en las otras cosas graciosamente conformes. La cual por su gran merecer, se había visto en muchas batallas de amor y casos dignos de gran memoria que le habían acaecido con altas personas que la amaban y pensaban vencer. Pero no menos le ayudaba discreción que saber, y esta señora tenía por nombre Braçayda.

Y así mismo, fue buscado en los reinos de España un caballero que para tal pleito pertenecía, al cual llamaban Torrellas. Un especial hombre en el conocimiento de las mujeres, y muy osado en los tratos de amor, y mucho gracioso como por sus obras bien se probaba. Éste fue elegido para la defensa por parte de los hombres.

Y en este caso, Torrellas y Braçayda fueron a ruego del Rey a examinar la dicha cuestión, los cuales fueron más caros de tener de lo que aquí se encarece. Pero después que al Reino de Escocia llegaron, fueron magníficamente recibidos. Principalmente, la Reina madre de Mirabella, hizo tan grandes fiestas a Braçayda, que ellas por sí fueron dignas de escrituras memoradas. Y esto la Reina hacía por tenerla más contenta y porque más encargo tuviese en la defensa de su hija, la cual así con ruegos como con lágrimas afectuosamente la encargaba que trabajase para que Mirabella no padeciese, convenciendo al Rey tan sin clemencia en lo que tocaba a justicia. A lo cual Braçayda respondió que ninguna necesidad era en encargárselo ni mandárselo, que ella ya en mucho encargo lo tenía, y aunque la compasión y peligro de Mirabella no la moviese a piedad, la movería el general amor de todas las mujeres y el solo deseo de salvarlas de cuantas malicias los hombres contra ellas decían. Por lo que se quiso poner al cargado camino.

Y con esta seguridad y otras cosas bien dichas que la Reina oyó de Braçayda, sin temor de la muerte y daño de su hija se consolaba.

Y así mismo, el Rey, hizo gran recibimiento a Torrellas, pero porque no se mostrase parte de los hombres o de su hija, no le hacía fiestas tan sobradas como la Reina a Braçayda. Pero muchos caballeros que para ver aquel acto fueron allí juntados, muy magníficos se mostraron en el recibimiento de Torrellas, al cual con muchas dádivas y valiosas joyas le recibían. Y le daban gran encargo que por la honra de los hombres mucho mirase, que si de allí quedasen condenados, para siempre con las mujeres quedaban perdidos. Principalmente algunos caballeros de aquella tierra que habían crecido enemigos con Mirabella, porque su gran beldad había sido causa de que muchos se perdiesen en la conquista y seguimiento famoso de aquella amorosa batalla. Por esto rogaban a Torrellas que defendiese su partido. Lo cual supo bien contentar y satisfacer a los apetitos de cada uno de ellos. Y así andaban la Reina y sus damas con Braçayda, y los caballeros con Torrellas, favoreciendo cada uno su partido.

El autor:

Después que el día del plazo fue llegado para el examen del pleito, en una muy grande y maravillosa sala, fueron unas muy ricas gradas compuestas donde los jueces en juicio se sentaron. Los cuales fueron elegidos por personas de mucha consciencia y sin sospecha, con solemnes juramentos que hicieron de juzgar según fuese su más claro parecer.

Y a la una parte de la sala estaban la Reina con infantas y damas y otras doncellas, que para ver y oír fueron juntadas allí. Y a la otra parte el Rey con gran multitud de gentes. Y en la última grada estaba Mirabella que tenía a Braçayda por su abogada, y Torrellas con Grisel.

Y después que dejaron de tocar un alto son de trompetas, y todos guardando y dando silencio, en tal manera comienza Braçayda su razón contra Torrellas.

Braçayda contra Torrellas:

-Es gran ventura, Torrellas, que seáis venido a tiempo de satisfacer y pagar a las damas las de vos recibidas injurias, que soy cierta que ganaréis aquí dos cosas: la una que muera Grisel de quien parte y defensa vos mostráis, y la otra que la escondida malicia de los hombres se publique. Así que creed que vinisteis a hacer enmienda de las cosas por vos contra las mujeres compuestas. Por ende, en remuneración del trabajo de vuestro camino bien os está empleado que llevéis tal galardón en pago del vuestro malicioso propósito. Y por comienzo de mis demandas contaré vuestros más civiles yerros, porque si contradecís o negáis, para el final se guardan los más criminosos.

"Digo pues, Torrellas, como de todos es manifiesto, que la solicitud de los hombres es grande en el seguimiento nuestro. Y que si algunas con sano consejo se apartan de oír vuestras engañosas palabras, no puede apartarse de oír, en las calladas noches, el dulzor de los instrumentos y cantos de la suave música, la cual para el engaño nuestro fue por vosotros inventada; y bien se conoce ser una sutil red para las erradas nuestras. Y si algunas de esto rehuyen; de las danzas, justas, torneos, toros y cañas y otros muchos sin cuenta deportes, todos para atraernos a veros engañosamente, huir no pueden. Porque los castos oídos ocupados en vuestras deleitosas obras, de alguna de ellas son presos, y por ventura, para algunas que por gran virtud se retraen de los tales deportes, otras mil maneras buscáis que con las sutiles embajadas y muy enamoradas letras por fuerza las conquistáis. Por donde, aún en las encerradas cámaras donde se esconden por no veros, con sutiles motes de sus siervas y cartas entráis. Y si ellas castigan las mensajeras, y rehúsan en no leer las cartas, cuando ya veis que con las cosas dichas y otras infinitas no las podéis convencer, porque puede más vuestra maldad y porfía que nuestra virtud, buscáis rodeos para dañar nuestras famas, y contra nuestras moradas sin ver aquella a quien mostráis querer, a las paredes o ventanas enamoráis con extrañas señales y engaños y remiramientos. Por donde aunque allí no esté persona alguna, fingís que la veis, y hacéis como que responde a actos y malicias, a fin de dar lugar a los que lo vieren de sospechas y presunciones. Por vía que de fuerza o de grado, la más fuerte es contra vuestra malicia muy flaca, pues ¿quién puede ser tan gran defensora de sí misma, que contra tantas cosas refrenarse pueda?

"Pues así como el que más trabaja en las obras del bien o mal, más merece el galardón o pena, así pruebo que vosotros sois causa y merecedores de todo mal.

"Así que mi sano consejo os aconseja conozcáis la culpa, y no deis lugar a que más de vuestras escondidas malicias publique. Las cuales por honestidad me callo, y aún a vos es partido que se callen.

"Y muy dichoso seríais, Torrellas, si vuestra muerte perdonasen las inocentes de vuestros engaños vencidas.

"Y pues en tierra tan justa estamos, espero de vos justicia."

Respuesta de Torrellas a Braçayda:

-Si mi venida os hace, señora, alegre, porque de ella esperáis venganza y satisfacción de la enemistad que conmigo tenéis, lo que oír ciertamente me place, porque si algo de vosotras pensaba callar, vos me hacéis ahora sin vergüenza para que diga algunas cosas secretas que conozco de las mujeres.

"La enemistad que me tenéis me hace sin culpa, aunque por cierto, yo no quisiera que el extremo de vuestros extremos por mi se pregonase. Mas pues queréis que nos oigan, ¡oigan pardiós! A lo que decís, señora, ser nuestras engañosas palabras y obras tales que de fuerza os vencen, digo ser verdad. Mas nunca la vi tan buena que las rehusase, porque la más honesta de vosotras se precia de ser amada. Y vuestra voluntad, sin ser rogada, luego querría decir ¡pláceme! si el freno de la vergüenza no dilatase y parase la desbocada respuesta. Por donde, parece a los que poco os conocen que de vuestra honestidad procede la respuesta. Mas el escondido secreto de vuestro querer a vosotras remito el conocimiento de él, y a Dios el juicio de ello. Que si alguna haya acaecido, por fingirse buena, rehusar de oír el dulzor de la música que dijisteis, os apremia en las frías noches el aborrecer el sueño y correr a los no lícitos lugares, y por largo tiempo que dure el son de las canciones, os parece corto. Y aunque gran frialdad penetre vuestras delicadas carnes, el encendimiento del corazón os hace sentir por caluroso verano el destemplado invierno. Y allí mostráis lo que rehusáis por el día: que deseáis las noches. Que cuando las alegres danzas y justas y otros deportes que dijisteis hacemos por placeros, acaece que se hacen, a los placeres sanamente mirados ¿quién los hace enemigos de las virtudes? Y ¿quién me negará que en las tales fiestas, justas o torneos no existen las empresas que mandasteis en los corrientes caballos y favorecidos caballeros? Allí, vuestro favor da ocasión a vosotras de encendimiento, y a ellos de victoria. Y pues digo que como de cualquier vencimiento os favorecéis: si fuera obra virtuosa, fuera vuestra la gloria, y si es mal, sea vuestra la pena.

"En cuanto a las letras y embajadas que decís enviamos, siempre vi ser bien recibidas. Y si algún desdichado lo contrario acaece, vosotras con honesta discreción, sin ver la carta, conocéis lo que puede pedir. Y vale tanto como leerla. Y aunque la hagáis pedazos injuriando al portador, en aquel mismo enojo se esconde un deleitoso placer. Mas el galardón de esta falsa honestidad, darlo es más a la vergüenza y no a vuestros deseos. Y las otras cosas que a vuestras ventanas decís hacen, vosotras sois inventoras de ellas. Y aún las monjas lo llevaron aprendido del mundo: cuando hiciéremos esto entiéndase queremos aquello. De manera que vosotras, por no decir sin infamia vuestros deseos, buscáis señales más honestas para los necios que para los cuerdos. Y entonces nosotros mejor descubrimos lo deshonesto, porque menester no nos hace por ocultas maneras decir lo que queremos. Mas vosotras, por no poder fallar las veces que queréis, nos mostráis señales que valen más que palabras. Y las más veces, el temor, más que la vergüenza, os hace buscar tales señales.

"Y no me contento, aún habiendo satisfecho a cada una de las cosas por vos alegadas, según lo que de vosotras hay que decir. Y quiero pediros como bien sabéis la llave de vuestros estados y honras, y está en la balanza la casta virtud, y solamente ésta como principal por vosotras es defendida, como cosa donde tantos peligros y menguas se os siguen. Mas vosotras, pospuesto todo temor y vergüenza, de los encendidos deseos, vencidas os vencéis. Ni miráis honor de marido, hijos, parientes, ni amigos, ni de vos mismas a quién más obligadas sois, ni a reverencia de fama, ni mucho menos al temor de la muerte. Más antes, todo aquello, de un tibio placer lo posponéis.

"Y todo se pone en olvido porque únicamente la voluntad goce. Aunque sepáis, que a la postre lo habéis de llorar diciendo que más queréis placer presente que gozo advenidero.

"Pues a nosotros lo contrario acaece: que el más loado de nosotros, es el que de vosotras más alcanza. Por donde parece claro que pues aventuráis perder, más es razón de ganar si fuera obra virtuosa, pero como es torpe y deshonesta, más merecéis la pena.

"Y aún en esto concluyo, y si porfiáis negando, sé que daréis causa que más descubra: que no hay razón con que se cubra, y de pura lástima de Mirabella no digo cuanto podría, porque vuestros vicios entiéndelos el seso y no sabe decirlos la lengua, pero si los secretos del alma se viesen, allí se descubriría lo que mi rudeza esconde."

Responde Braçayda a Torrellas.

-Aún no era vuestra fama, Torrellas, como ahora parecen las obras. Pero más quiero vencer lo fuerte malicioso, que no lo simple y flaco. Y cuanto mejor os sepáis defender, más loor será a mí condenaros.

"Y de lo que dijisteis de que nosotras posponemos temor y vergüenza por cumplir deseos, digo que a vuestros sutiles engaños no hay quién contra ellos se pueda defender ni oponer. Y si algunas de nosotras presumen ponerse en defensa, vuestra porfiada maldad usa de tales y tantas artes, que donde hay mayor castidad y nobleza menos resistirse puede.

"Y aunque sea cosa cierta que las mujeres son de menos discreción que los hombres, quiso nuestra generación estar sujeta a la vuestra. Pues ¿quién merece mayor pena del yerro, el que más conoce de la culpa o el que menos?

"Así que concluyo que vosotros sois mejores conocedores del mal y mayores ocasionadores de él. Y de quién la mayor pena merezca, sed jueces de vosotros mismos.

"Y aún dejando esto, ya vemos cómo en los animales es cosa común ser los machos más bellos que las hembras. Y quiero traer en ejemplo: el pavo, que aún no contento con la beldad de su plumaje, pone en rueda sus doradas plumas, por dar más placer a una sin comparación tan fea ave como es la pava. Y aún ésta quiere ser muy rogada. Y en pago de cuanto se trabaja por placerla, tanto más ella desvía de mirarle. Y por semejante, la mayor parte de las hembras animales quieren ser rogadas, pues aquéllas por ningún temor ni vergüenza lo dejan, porque la naturaleza les enseña que es suyo el encarecer y de los machos el requerir. Y los hombres, de aquella misma cualidad, sois incitadores de todos estos malos deseos no menos que los animales brutos.

"Y aquí parece harto abiertamente y cierto, ser nuestro el defender y vuestro el requerir. Y las muchas fatigas, ansias y tribulaciones que por nosotras decís que fingidamente mostráis, ya parece mayor yerro: dais juicio al mal no amando. Que nosotras cuando nos vencemos es por amor, y así está claro, que por las grandes menguas y peligros que nosotras tenemos, que si el amor no nos forzase, sin amor no sería posible vencernos.

"Mas vosotros que no amando mostráis amor, mirad cuánto sois dignos de penitencia en consentir en el pecado sin deleitaros en él. Mas aquellas que forzadas se vencen ¡digo no ser error!, porque en cosa tan flaca como las mujeres cargar tan grande peso, doblar o quebrarlas convenga.

"Y ninguna puede oír vuestros engañosos consejos, que tomando alguno por bueno, no le sea dañoso. ¡Maldita sea esta generación, que todos sus propósitos contra nosotras endereza a las peores partes! Y que aquéllos consejos que nos son dados para administración nuestra, ¡aquéllos mismos!, nos sean más dañosos y enemigos para nuestras honras. Y mirad cuánto puede vuestra maldad, que si alguna de nosotras, con sobra de virtud, sabe guardarse de vuestras maliciosas lenguas, no se podrá defender porque en la compañía de vuestras amistades, por loaros, traéis en práctica: que habéis tenido más de lo que pedir quisisteis.

"¿Pues contra esto que haremos? Ningún remedio contra ello conozco, que sin pecar nos culpáis, y aunque no se haga, se dice. Por donde, todas, o de fama o de obra recibimos mancilla y somos dañadas.

"Y creo que los atormentadores del infierno no podrían hacer más en su oficio que vosotros hacéis en el vuestro, que aún las castas monjas de quien ya decís que de todas las tentaciones se guardan, de las vuestras no pueden. Y creen ante vuestras maldades, por buenas, que vuestros ejemplos son santos. De manera que los ayunos, abstinencias y rezos, contra vosotros no bastan. Que más vale una engañosa palabra vuestra, que muchos provechosos sermones.

"Mas ¿cómo se guardarán las que entre sus enemigos conversan y tratan? Pues ya esta defensa no tiene razón ninguna, por ser los jueces varones, salvo si éstos no se ciegan por vuestra afición.

"Pero si la verdad me ayuda, os iréis de aquí menguado y condenado, por donde vuestro porfiar cesará de maldecir. Y como Dios padeció por los buenos, vos vendréis a padecer y pagar por los malos."

Responde Torrellas a Braçayda:

-Si decís que por ser yo malo y saber más que otro, a vos será mayor loor de condenarme, pues sabed que yo no lo tendré por mucho venceros, y como en los casos de amor sois ligeras de vencer, así creo lo seréis en las otras cosas, ¡cuánto más en ésta que tan gran causa de verdad me ofrece! Y parece que pusisteis por venir a vuestro propósito el ejemplo del pavo, que en vosotras es lo contrario, ya que de graciosa beldad sois naturalmente compuestas más que los varones. Este loor quiero daros porque hace a mi caso. Y allende de la hermosura que la naturaleza os dio, buscáis ricos vestidos, joyas y aceites, por más dorar lo dorado. Pues esto, con el fin que se hace bien claro está: cierto es que vuestro pomposo atavío es para nosotros más deleitosa rueda que la del pavo a la pava. Y aún por esto, se suele decir que la cosa del mundo más bella es ver damas de rico aparato, lo que a nuestro propósito traigo. Pues la cuestión es cuál más causa da al otro del amor. Y esto ahora manifiesto se prueba, que la más y mejor guarnecida, más ocasión trae del amar. Y en esto no hay razón que contradiga.

"Y en cuanto a las otras cosas que de nosotros os quejáis, todas concluyen en que nuestro pensar es buscar nuevas maneras de cómo podamos mejor engañaros. Y esto no lo salvo, ni lo quito, ni lo condeno. Porque como ya dije: el que de vosotras más puede alcanzar, es de mayor loor.

"Mas si a Dios placiese ordenar un uso nuevo: que todos los hombres estuviesen de acuerdo en estar algún tiempo sin requebraros, porque se probase vuestra virtud. Tan poco, y menos que digo, confío en ella, y estoy cierto, que cuando viereis que no erais rogadas, la necesidad os haría herederas de nuestro oficio, y juro que con mayor diligencia seríamos de vosotras importunados, rogándonos en mayor grado que ahora nosotros lo hacemos.

"Pero como sabéis que es nuestro el seguimiento, en la cordura entra que nos lo vendáis caro, mayormente, porque conocéis tanto nuestra condición: que a la que más lo encarece tenemos en mayor estima. Porque si tuviésemos por buena a la que más presto lo otorgase, muy escusados serían nuestros trabajos. Mas sabéis que el mucho encarecer lo tenemos por mejor, y por esto os da loor que parezcáis honestas. Pero yo que os conozco, no creáis que en lo tal reciba engaño, que cuanto más os defendéis, más me dais lugar de sospechar, ya que sé lo deseáis cuanto más lo encarecéis.

"Pero si viniese al caso que la libertad nuestra tuvieseis, sé que sin ninguna vergüenza nos rogaríais, así como nosotros hacemos. Y ¿quién hallaría tan guarnecida su fortaleza, que de vosotras defenderse pudiese? Y tanto confío en vuestro sobrado saber, que si tal acaeciese, nos haríais buscar en los montes y selvas, y aún ahora, con tanto peligro y vergüenza, lo hacéis.

"Y por mi digo, que cosas terribles en casos como éste han pasado y me han acaecido, las cuales callaré si por vos no soy obligado a decirlas. Así que ahora que podéis ver qué pronto os vais de boca, cuánto más haríais si os soltasen la rienda.

"Y sé cierto, que vuestra tribulación no es sino que este mal a vosotras deleitoso, no lo tengamos por tal, y por esto siempre os combate la vergüenza, porque no queremos lo que vosotras queréis. Y también, acaece cada día, que damas de gran estado se pierden con sus menores siervos. Y si yo quisiera contar cuántas me han preferido, no una vez, sino muchas, habría tenido lugar mi perdimiento. Pero miré razonablemente lo que me pudo bastar, dejando carga dañosa, y no quiero dar más lugar a mis razones, esperando que como os doléis de nosotros así os doleréis de vuestras honras, no dando lugar a que las culpas que están secretas se publiquen por el mundo."

Responde Braçayda a Torrellas:

-Yo os veo tan lastimero, Torrellas, y más enemigo, que parece que para maldecir de nosotras si en el altar hallaseis malicias de que os pudieseis aprovechar, sin hacer de ello consciencia de allí las tomaríais. Mas si vuestro sutil razonar en este pleito me vence, por aquí pruebo que amando nos conquistáis. Y tan graciosamente alegáis de vuestro derecho, que es de fuerza seamos vencidas, y vuestra cautela como tiene poder de ganarnos a las mejores, que lo tenga ahora en ganarnos a la mejor de nuestra contienda. Y esto no lo tendré por mucho, porque nuestra inocencia y vuestro sobrado saber hacen de lo falso bueno. Y aunque otra cosa no nos hiciese sin culpa, sino la simplicidad que es sujeta a la prudencia, y el que menos sabe, se aconseja con el más discreto; como nosotras, que simplemente pecando, tomamos consejo con el que más sabe lo que nos daña. Así que a nosotras, por vosotros de lo lícito y honesto muy desdeñadas, sois causantes de nuestros inocentes yerros.

"Y así a quien nos sigue, se debe atribuir doble culpa. Y aún en esto hay una gran diferencia entre afición y razón, y que nos cumple cuestionar contra los que por si tienen autoridades, leyes y toda ordenación de la universidad de las cosas. Porque la infamia y mengua nuestra nos desdoráis, no como lo pide la razón, sino como mejor a vuestra voluntad parece. Mayormente, sin tener contradicción alguna. Porque en nuestra simplicidad, no hay quien escriba a favor nuestro, y vosotros que tenéis la pluma en la mano, lo pintáis como queréis. Por donde no es mengua, sino fuerza, el sufrir a más no poder. Pero no se sigue, que en la maldad de vuestro saber estén las virtudes, o que las maldades estén en la pintura de vuestras palabras. Y Dios no nos puede pedir más que aquello de cuanto el seso nos llena. Que si con vosotros iguales nos hiciera en saber, estaba dudoso el debate, mas vuestra malicia puede tanto, que las inocentes mujeres pagan la penitencia de vuestro pecado. ¡Oh, cuánto venís ante nosotras tan mortales y tristes, que sin amor, era razón de teneros piedad!

"Y por daros la vida, nos buscáis ahora la muerte. Pues si os dejamos morir, decís que por más encarecer se hace, y os quejáis con los males y no queréis luego los bienes. Venís por salvar la vida, y os pesa porque quitan la muerte. Aunque es más cierto, que cuanto más os morís, estáis más vivos. Y como nuestra inocencia no os entiende, simplemente se engaña.

"Todos nuestros yerros y engaños salen de la mar de vuestros engaños, que ni defender ni amenazar aprovecha, ya que de fuerza o de grado a quien queréis sojuzgáis. Y muchas veces por temor de vuestras lenguas y difamaciones, cumplimos vuestros deseos. Y más queremos errar en secreto, y contentaros, que ser publicadas por malas aunque no lo seamos. Y unas por amor y otras por temor, como fortalezas combatidas que por fuerza de los pertrechos a manos de los enemigos se venden, somos vencidas haciendo del vicio virtud. Demostrando que no podemos hacer por amor más de lo que fuerza, en verdad, nos tenía ya apremiadas."

Responde Torrellas a Braçayda:

-Si en el principio de vuestra habla, os hubierais sometido al señuelo de la razón, como ahora vuestras palabras lo muestran, merced fuera que me hicierais, porque no habría causa de hacerme más enemistar. Sin embargo, pensasteis en el remedio primero: hacer torpe mi lengua. Mas ya veo que vosotras hacéis público el temor por mis palabras, a lo que ya tiempo no da lugar, mayormente, donde hay tan magnífico Rey y Reina, notables caballeros y damas, que conclusión esperan.

"Y vuelvo a lo propuesto en vuestra habla. Decís, señora, que la inocencia vuestra os salva. Esta sería buena excusa si por tales os conociésemos, que de toda maldad seríais inocentes. Mas de esto estoy bien seguro: que tal excusa no os releva de las dañosas penas, porque muy claro está que los mayores males, que por el mundo acaecen, por vosotras nacen.

"Si poner quisiese ejemplos de pueblos, que males vosotras habéis causado, sería cosa de nunca acabar. De donde muy claro está que todos los sutiles engaños de vosotras proceden.

"Y esto veo: que la más discreta y mayor sabida, esa viene más aún a la conclusión del yerro, y toda su desenvoltura, así en reír como en burlar y motear, se dirige a lo más deshonesto.

"Y todo vuestro mucho saber os parecería ninguno, si para el hablar y cortejar no os aprovechase. Así que la más aguda y sabia para el mal, se aprovecha del saber.

"Yo he visto por experiencia que las mujeres más simples son, de alguna manera, más castas. De donde se deduce, que la simpleza os es salud y el saber dañoso, como claro lo veis. Pues todas las más agudas siguen el camino de nuestros deseos, y la que más sabe yerra.

"Así que bien claro está, que la inocencia no ha lugar de excusaros de culpa. Y es tan dañosa por vuestro resaber, que en vuestro más crecido seso pensáis no haber letrado que lo enmiende. Y cierto es que en vosotras hay mil propiedades, que en nosotros no hay de aquéllas una: que al tiempo que la necesidad os constriñe, apariencias y mudamientos de palabras fingís, las cuales luego coloreáis con las no tenidas lágrimas. Y aún algunos mostráis amar desamando, y a otros amando los desdeñáis, mas la arenga de esto a mis trovados renglones lo refiero.

"Mas ahora, ¿me podéis decir de que necesidad de saber os hayáis menguadas? Por mi digo, que si tan ventajoso me hallase en tales casos, tendría en poca mengua al desvelado estudio de las letras. Así que pues tanto sabéis en el mal, así sería en el bien si los deseos no os inclinasen a lo peor. Por lo que es cierto, que por ignorancia tenéis muy flaca excusa, y lo que me parece, porque del todo no me hagáis enemigo vuestro, es que halláis conocimiento en el yerro, y con esto os dejo por culpadas. Y digáis así: ¡Señor pequé, y a ti solo digo mi culpa! Y más vale pedir perdón, que al yerro público poner excusa. Porque mejor creemos en lo que vemos de vuestras obras que en la disculpa de vuestras palabras."

Responde Braçayda a Torrellas:

-Según yo ahora veo, Torrellas, tanto mostráis tener nuestra opinión vencida, que aún parece no rendiríais gracias a los jueces. Pues creed, que si mucho me obligáis a perder el velo de la vergüenza, diré lo que ya mi paciencia no puede callar. Y si presumisteis vencer con palabras, es por que, sin empacho, me sobráis en deshonesto.

"Mas como soy mujer, aunque lo mejor de vuestro malvivir para este caso me aprovechaba, es fuerza que lo calle. Porque más quiero ser por simple tenida, que por deshonesta, ya que por esto nos juzgáis. Y por vergüenza de vuestra vergüenza lo callo. Pero de allí no se sigue, que ante los jueces, que sí lo conocen, menos deba valer que si lo dijese.

"Y respondiendo al mal que decís sabemos, me parece, que en aquellas que muy solicitadas vienen a querer cuanto pedís, es mejor el mal obrado con discreción, que no en las simples que no saben las mercedes que dan. Porque quien poco se estima, poco galardón merece. Y esto lo digo, porque sería yerro si negase que en el género de las mujeres no haya muchas que, así como lo decís, lo sepan hacer. Pero yo por las muy disolutas no vengo en la defensa de tan flaco partido, mas tomo la de la mayor parte, la de las virtuosas, y esto no lo podéis negar. Y si quisiese poner en ejemplo cuántas son muertas por la defensa de su limpia castidad, las historias están llenas de su noble e inmortal memoria. Y como la muerte es la más fuerte cosa de sufrir, quien aquella desprecia y quiere antes morir que ser caída en torpeza, bien menospreciará todas otras tentaciones por fuertes que sean. Y pues dadme sólo un hombre, que por la defensa de su castidad haya de alguna mujer recibido muerte. De nosotras, sabéis bien, puedo deciros infinitos millares. Pues ¿qué mejor experiencia que ésta?, que cuando no podéis más nos tentáis hasta la muerte.

"Y dejemos las antiguas, de las cuales hoy sus famas viven, mas aún vivas yo conozco algunas que han visto los puñales desnudos ante sus pechos, y han querido antes la muerte que no condescender en el vicio.

"Vosotros queréis que vuestras maldades puedan más que nuestras noblezas. Pues ya no queráis en todo ser señores, que por esto venimos aquí: porque a lo menos en la justicia seamos iguales. Pues es cierto, que si alguna maldad hay en alguna de nosotras, es por ser de varón engendradas, y aquello es malo porque os heredamos. Y pues nos hicisteis, condenad la mala parte que de vosotros heredamos, o muera ya nuestra vida antes que vivir con herencia de generación tan mala sufrida."

Respuesta de Torrellas a Braçayda:

-¡Oh! Cuán bien habéis hablado, señora, a favor de las mujeres, si muerto estuviese Torrellas. Mas como yo vivo, no aprovecha vuestro decir sino en dar lugar a cuánto lo sepan.

"Y a lo que decís de ser todas forzadas y seguidas hasta la muerte, si las antiguas historias alguna loaron, cada día se usan cosas nuevas, y si en aquel tiempo usaron las damas nobleza, de lo contrario os preciáis ahora.

"Y aún puede acaecer, que ninguna cosa de aquellos loores de Lucrecia y Atalante fuese verdad. Y lo que ahora de vosotras se conoce, son cosas que cada día por vosotras pasan, pues mayor fe daremos a lo que la vista nos certifica, que a lo que oímos.

"Yo no sabría juzgar de virtudes pasadas que no vi, salvo de vicios presentes que ahora veo. Y puesto que así fuese, que alguna de las ya pasadas loores mereciesen, para el pago de aquéllas, hay infinitas más que sus males escondieron tras el pequeño loor de las buenas. Y las escrituras están llenas de vuestras perversas obras, y entre tan grande número de mujeres malas, si hubo alguna buena, no hace verano.

"Si decís que el mayor mal que hay en vosotras es por ser de varón engendradas, si más no perjudicase a los hombres la parte que de vos tenemos que a vosotras la nuestra, ligero mal os sería. Y esto lo prueba que en la primera mujer creada en toda inocencia, su malicia pudo tanto, que no solamente pecó e hizo pecar por hacerle participante en el error al varón, más aún, aquel gran mal que entonces por ella fue cometido, lloramos todos ahora. De manera que naturalmente en mala forma creadas, de día en día vinisteis en sucesión peores. Y porque aquélla en tanta inocencia y limpieza creada, no pudo vivir sin pecado, mucho menos lo haríais ahora aquéllas que en tanta corrupción de pecados vivís concebidas. De manera que no se os debe poner ya culpa, pues desde el principio hasta ahora habéis usado los vicios tan habitualmente, que se tornan en naturaleza. Así que imposible os sería poder vivir sin ellos. Y pues que tan larga sucesión os viene de la culpa de la madre, no la hagáis nuestra.

"¿Qué hombre es tan sabio que de vuestros engaños pueda guardarse, si vuestros pensamientos buscan grandes cautelas, y de quien merecéis pena, pedís galardón?

"Aún siendo poderosas, contra quienes difamáis es vuestra crueldad muy sin medida. Y otras veces cuando más no podéis, tan humildes os mostráis con palabras y lágrimas piadosas, que al más cruel hacéis compasible y manso.

"Y más vencimiento alcanzan vuestras cautelas que las armas nuestras, y en los casos de amor donde es más nuestro pleito, quien queréis es vuestro, y a quien desamáis no le podéis despedir.

"Y queréis recibir servicios de enemigos y amigos, y decir: ¡aquél se muere por mí! Pues quien se loa en ser amada, bien demuestra que se deleita en ser querida, pues de éstas ninguna veo que en lo tal no reciba gloria. Y así es imposible que alguna vez no quiera ser requerida.

"Y ninguno sabe la causa porque en vuestros partos amáis a los hijos y aborrecéis a las hijas. Y la verdad es esta: que como unas a otras sois aficionadas, deseáis parir varones porque se críen por el placer de vuestras vecinas. De manera que desde el nacimiento nos amáis más que a vosotras mismas, porque de las hijas no os podríais aprovechar ni servir como de los hijos. Así pues quien más a nosotros ama, más a de hacer por tenernos.

"Así mismo, habéis dicho que nosotros no amamos, y digo que es verdad, pues quien no ama no trabaja, y vosotras que tanto os deleitáis en querer, que más hagáis es cosa convenible. Y si hacéis galardón del vicio, que tengáis pena del pecado. Y como habéis dicho ser nosotros enemigos vuestros, pues quien a los enemigos en vez de dar pena da placeres y gloria, al amigo al respecto ¿qué le dará?

"Por ende, parece que aunque fuésemos simples, fríos y feos, y sin merecer ser amados, vuestro vicio nos amaría. Y por esto, como ya otras veces dije en alguna obra mía, sois lobas en escoger. Esto lo causa el encendido deseo, que ninguna disformidad os es fea, al menos de esto puedo yo dar fe como mejor conocedor en este caso, que ningún hombre de discreción no demandaría a ninguna aquello que no esperase recibir.

"Y antes de que lo pidamos conocemos que no nos perderéis vergüenza, pues la tenéis perdida. Porque quien viene en tal demanda, aparejos halla en la mujer de señales, así en el mirar como en el reír; y otras condiciones que quieren tanto como decir: si queréis, queremos.

"Así que no hace menester que lo digáis, pues tenemos por más cierto lo que la voluntad consiente que lo que la lengua dice.

"¿Qué más quiero yo sino ver traslucir como vidriera, que cuanto más desamáis al que requiebra, más la cara nos descubre los deseos del corazón? Y en el secreto de vosotras la voluntad otorga lo que la boca niega ¡Pues más fe daremos al secreto del alma, que al fingido contradecir!

"Sin duda, es cierto que ninguno quiere ni se mueve, si no allá a donde vuestra beldad y ademanes lo envíen. Por lo que pruebo vosotras ser principio, aunque nosotros procuremos el fin. Y pues quien comienza merece.

"Concluyo que pues sin decirlo lo hacéis, mayor pena merece la obra vuestra que la culpa de nuestras palabras. Y más desenvuelto es vuestro pensamiento que nuestra lengua."

El autor:

Grandes alteraciones pasaron entre Torrellas y Braçayda, más de las que ninguno podría escribir. Y visto por los jueces las razones de ambas partes, tomaron determinación de dar sentencia. Los cuales ya después de cumplidos, vinieron cubiertos de luto, y unas espadas mancilladas de sangre, en sus diestras manos, con otras muchas ceremonias, según en aquella tierra se acostumbra. Y eran doce jueces, los cuales dieron sentencia: que Mirabella muriese. Y fundaron por muchas razones ser ella en mayor culpa que Grisel. Y como en presencia de la Reina, delante de sus damas, fuese condenada a muerte, las voces que se comenzaron a dar ponían tal tristeza en los ánimos que parecía el sol oscurecerse, y el cielo querer de ello tomar sentimiento. Y así como Braçayda vio perdido su partido, movida de piedad por la muerte de Mirabella, en tal manera apelando ante la majestad de Dios, como soberano juez de los hombre, clama y queja:

Apelación de Braçayda:

-¡Oh, cuánto mal acuerdo fue el nuestro, señoras, en poner nuestras honras y famas en poder de los enemigos nuestros! Porque siendo ellos autoridad y parte, conocida estaba la sentencia que ahora oímos.

"¡Oh, malditas mujeres! Porque con tantos afanes de partos y fatigas queréis aquellos que en muertes y menguas os dan el galardón.

"¡Oh, si consejo tomaseis! En el nacimiento del hijo daríais fin a sus días, porque no quedasen sujetas a sus enemigos y alegre vida viviesen.

"Mas ¿qué aprovechan mis palabras cuando nos mismas creíamos a aquellos que de tantas muertes nos matan? Y si hasta aquí no teníamos conocimiento de sus maldades, no es maravilla que hayamos recibido sus engaños. Mas ya de aquí en adelante, que por muy malos los conocemos, gran yerro nos sería si en tener parte de nosotras se loasen. Y si en los pasados tiempos de nosotras han recibido mercedes, de aquí en adelante, aunque los veamos morir, demos a sus pasiones disfavores por galardón. Porque el malo, por la pena es bueno.

"¡Oh maldita tanta piedad como en nosotras mora!, que nos ponemos a la muerte por salvar a nuestros enemigos las vidas; y después de cumplido su querer se ríen de nuestras lágrimas.

"Pues ¿cuál ceguera o mengua de juicio tal consiente, que no busquemos venganza de cuantas ellos cada día se vengan?, pues ¿qué vale contra ellos nuestro pequeño poder si debajo de su mano vivimos, y como poderosos nos fuerzan, y de todas nuestras honras nos despojan?

"Pues mirad, excelente y muy ilustre Reina, y nobles señoras, cómo son las leyes bajo las cuales vivimos, que quieren que muera la que es forzada, y viva el forzador. Y tienen razón, pues ellos son jueces y partes y abogados del mismo pleito. Y cierto es, simple sería quien contra si diese sentencia. Y por esto no recibimos injuria, pues con poder absoluto nos la pueden dar. Si por ventura a mujeres viniera el determinar este pleito, si nos condenaran, hubieran lugar las quejas. Pero ellos que lo hayan así hecho, no son de culpar, pues cada uno es más obligado a sí mismo que a otro.

"Pero ante Dios como justo juez, donde ninguna verdad se esconde, ni afición ninguna se presume, apelo de este falso juicio.

"Las mujeres ante hombres pleitear es gran locura, mas yo esforzándome con alguna virtud y consciencia, y en ser muy cierto y claro nosotras tener la justicia, y la verdad tan conocida, que aún de nuestros enemigos era bien fiarlo creyendo que los nobles de si mismos hacen justicia. Mas en estos, donde no hay virtud no la pidamos, pues no puede dar ninguno lo que no tiene, y quien de sus enemigos se fía, bien se emplea que a sus manos muera."

El autor:

Después que Braçayda de los hombres se hubo mucho quejado, la Reina y ella, con todas las damas, se ponen humildemente ante los pies del Rey suplicando por la vida de Mirabella. Al Rey ninguno de los ruegos vencer pudieron, mas como la Reina lo vio de propósito de hacer aquella justicia, en tal manera le suplicó:

Suplicación de la Reina:

-No sé con cuáles palabras, señor, tan alta merced te pida: que la vida de Mirabella me otorgases. Y no me tengas por tan osada, porque conozco de tu justicia. Que si otros hijos te quedasen, por ella no rogase. Mas no parece ser yerro suplicar por la salvación suya, pues ¿qué valen tus grandezas, villas y ciudades, cuando hijos que te sucedan no tuvieses?

"Y como los padres a los hijos más que a sí mismos aman, ¿en qué humanidad cabe que de si mismo haga ninguno justicia? Y pues si así no ama, ningún bien posee. Por donde es mejor menguar en la justicia que sobrar tanto en la crueldad.

"Y si Mirabella, por el sobredicho yerro, es de ti tan aborrecida que ninguna piedad le tengas, tenla señor de mi. Que mi vida por la suya vive, y el plazo de su muerte es el mío. Y de esto ninguna duda tengas, y pues yo ningún yerro te conozco haber cometido, ¿por qué quieres que muera sin merecer? Pues en virtud y nobleza, consiste perdonar a quien yerra, antes que dar pena a quien no la merece."

Respuesta del Rey a la Reina:

-Bien parece el consejo que tú me das ser más aficionado que justo. Y si tú tuvieses gran amor conmigo como lo tienes con Mirabella, más dolor tendrías de mi honra que de su muerte. Yo quisiera que consideraras cómo la persona del Rey es espejo en que todos miran. Y sus obras convienen ser tales, que resplandezcan entre todas las de otras gentes, principalmente en la justicia, porque es a todos más menesterosa. Así que es razón que ella le dé corona de noble, y el Rey piadoso, aquél es cruel.

"Y hasta aquí yo nunca recibí en tal caso, ni por ruegos ni por afición, mengua ninguna.

"Y aquello que desde mi primera edad me he trabajado por guardar, no estaría bien que ahora en mis postremeros días lo perdiese. Pues en el fin de la vida está el loor. Y si yo hasta aquí he administrado justicia, cuando en mi hija no la hiciere, no me podrían loar de justo, que quien de si mismo no hace justicia no la debe hacer de otro.

"Primero deben los nobles punir a si mismos que a sus siervos, y yo según el mucho amor que con Mirabella tengo, antes quisiera sufrir la muerte que dársela a ella. Pero como quien de si mismo hace justicia así me es forzoso hacerla de ella, porque mis súbditos no hayan lugar de quejarse diciendo ser más aficionado a mi que a ellos.

"Y viendo mis gentes que a una sola hija sin esperanza de tener otra, hago padecer, ¿qué esperanza tendrá ninguno en la piedad mía, que yerro cometa? Y cuando de mi no la tuve, ¿quién me osará suplicar por otro? Y por cierto siempre vi ser de virtuosos antes osar morir que caer en vergüenza. Pues yo más quiero tener loor de virtuoso y justo, que de poderoso. Y la razón es esta: que todos mis reinos y señoríos mis antecesores los ganaron, y yo no me puedo loar haber ganado salvo lo que de ellos me quedó.

"Mas si en mi alguna virtud hay, de aquélla me precio. Así que, pues sólo la justicia es mi victoria y lo más loable en mi estado, no quiero perder aquello que con tan gran estudio y trabajo he ganado.

Y en este caso, no creas ninguna piedad me mueva. Y la paciencia se guarnece en las cosas donde esperanza no se espera, y mi muerte si la quieres yo te la otorgo, mas vivo, que ella viva es imposible."

El autor:

Después que la Reina vio que para la vida de su hija no había remedio, ella y sus damas se fueron a lugar secreto, donde palabras de gran compasión con muchas lágrimas esparcen. Y el mucho dolor y angustias por la muerte de la hija pasados, la derribó sin sentido en el suelo.

Mas el Rey no pensaba sino cómo la vida de Mirabella diese fin, aunque en extremo la amaba. Pero la justicia era más poderosa que el amor, y pronto mandó dar forma sin dilación que aquello se hiciese.

Y después que el día en que muriese Mirabella fue llegado, ¿quién podría escribir las cosas de gran magnificencia que para su muerte estaban ordenadas, todas muy conformes a tristeza según el caso lo requería? Así fiestas tan tristes, como el día de sus bodas se le pensaban hacer alegres. Que entre las cosas de piedad que allí fueron juntadas, eran quince mil doncellas vestidas de luto. Las cuales con llantos diversos y mucha tristeza, ayudaban a las tristes lágrimas de la madre y desconsolada Reina, que con ella, y con todas las otras damas, ninguna consolación hallaban a sus dolores.

Y después de esto traían un carro, en el cual iba Mirabella con cuatro obispos que el cargo de su alma tomaban. Y luego estaba allí Grisel, que por más crecer y doblar en su pena, demandaron que viese la muerte de Mirabella. Y el Rey con infinitas gentes cubiertas de luto, iba al final de todos según costumbre de aquel reino.

Y salieron fuera de la ciudad donde Mirabella había de morir quemada, porque las leyes de la tierra eran: quien por fuego de amor se vence, en fuego muera.

Y desde que ya todos estuvieron reunidos, hombres y mujeres rogaban al Rey que de la vida de Mirabella se doliese, el cual ningún ruego concedía.

Y puesto que la Reina y muchos duques y condes y grandes señores le suplicaban, en aquel caso a todos perdía vergüenza y antes gesto muy airado y sañudo les mostraba.

Y visto por la Reina tan grande crueldad como el Rey tenía, con desenfrenada rabia así comienza la Reina contra el Rey:

-Tu no padre, más enemigo te puedes decir, cuando delante de ti mandas quemar a tu hija. Y que ninguna piedad de ella tengas es cosa muy enorme e injusta. Y como no basta para satisfacer al mundo lo que ya contra tu hija has obrado, sino que quieres ser extremo, y por una arrebatada fama que de ti por el mundo se pregone, la cual no dirán justicia sino muy enemiga crueldad, quieres a mí de dolor perpetuo ser causa.

"El primer día que te conocí fue mi muerte, pues eres causa que cuando reparo esperaba, días muertos en vida por descanso me traigas, los cuales yo de ti espero recibir. Mis ojos de su alegría privados, dan al corazón nueva causa de dolor a ningún otro semejante. ¡Oh, señores! ¿qué reparo a mis dolores y a mi mal envejecido? ¿qué día tan placentero puede ser, pues que muere la vida de aquélla por quien vivía la mía?

"Si con ella me mandaras matar, usaras de aquella piedad y amor que debías, mas déjame morir viviendo, por más crecer mi pena. Pláceme que tu crueldad pueda tanto, que en un día, sin hijos y mujer, quedes solo."

El autor:

Cosas de gran compasión, más por la voluntad que por palabras, decía la Reina, mas ninguna cosa podía aprovechar; porque el Rey ya importunado, mandaba más presto dar fin a los días de Mirabella, a la que la Reina fue a ver infinitas veces besándola. Y con calientes lágrimas la bañaba, y en esta forma el dolor de su muerte le manifiesta

La Reina a su hija:

-¿Cuáles fuerzas bastan a tan flaca fuerza, que yo viviendo, amada hija, morir te vea? ¿Cuánta inhumanidad sufre la que viese a ti viva en sus brazos, y que dejase llevarte a la muerte? Para lo cual no sé yo triste esfuerzo dónde buscar, para que de tan gran dolor me alivie.

"¡Oh, Dios! ¿Cómo te place que mis postremeros años vivan, y mueran los de aquélla que a mi más justo convenía? ¿Qué me aprovechan las muchas mercedes de gran dignidad y estado que me diste, si cuanto mayor fue mi subir en la rueda de la fortuna, mayor es mi caída?; porque en las bajuras del suelo, abajo envuelvo mis ases.

"¡Oh, fortuna! ¿Qué otro ningún mayor mal pudieras darme, que la criada en tantos deleites desde el nacer, me quite el placer?

"Y muchos deportes para mi alegría buscados, apenas me podrían alegrar. Especialmente ahora que lloros y lágrimas me buscan. Y mi gran señorío, me da tormentos y pobre y miserable condición, pues ya sin ti, amada Mirabella, mi real estado me da pena. ¿Para quién codiciaba yo reino tan noble, sino para ti que digna de mayor eres?

"Tu discreción, tu mucha nobleza, tu gran beldad, que sin ser grandes tus excelencias te hacían grande. Mueran ya pues mis prosperidades con tu muerte, y pues tú me dejas, todos los bienes me dejan."

El autor:

Luego, por mandado del Rey, fue por fuerza quitada Mirabella de los brazos de su madre. A la cuál una rica camisa pusieron para recibir la muerte, viendo arder ante si las encendidas llamas del fuego que la esperaban. Pero antes que en él fuese lanzada, llamó a su amigo muy amado Grisel, y con él estando, olvidando el temor, desechó la vergüenza, y tales palabras mezcladas con lágrimas le dijo:

Mirabella a Grisel:

-¡Oh, vida de mi vida! La fatiga y soledad en que te dejo crece tanto mi mal, que por tu pena, más que por la mía, amargas lágrimas esparzo.

"Y no sé cuáles palabras te diga, que a tu gran desconsuelo puedan alegrar ni consolar. Pero sólo este loor te queda: que ves morir a aquella por quien tantos de amor murieron. Y bastante favor es este, para que con la vida te goces.

"Y en los tiempos de las adversidades se conozcan y se vean los corazones fuertes. Y ninguno será por esforzado conocido, si en esta estrecha batalla no se hubiese visto. Pues hoy, caballero, estáis a tiempo que se conozca en vos si vuestras fuerzas son flacas o fuertes. Y encubrid el dolor de mi muerte porque causa de flaco corazón no sea para vos. Y aunque yo muera, siempre quiero que vuestro loor y fama vivan.

"Y supuesto que me digáis que el gran amor que es entre nosotros, partiéndose no podría negar al ánimo su pena, digo ser verdad. Mas mirad que yo no menos que vos amo. Y busco, siendo mujer, contra el amor y la muerte, fuerzas para esforzaros. Mayormente, siendo vos varón, y no muriendo, os debéis esforzar. Y baste esto para vuestro porvenir: que lo flaco esfuerza sin fuerza lo fuerte."

Responde Grisel a Mirabella:

-Como sería, señora, a quien a vos pierde, todo favor y honra ligero de perder, y porque veáis cuánto esto alejado de buscar a mi terrible pasión consuelo, no solamente me duele el perder por vos las honras y bienes, sino porque más de una sola vida no puedo perder me es insoportable pasión. Y no creo que tan sólo mi muerte satisfaga tan grande deuda, y muero porque más de una sola vez morir no puedo. Y este es el remedio que busco para vivir: que por cierto no me satisface una muerte, que con ella ni cumplo ni pago.

"Pero baste que aunque la fuerza sea pequeña, los deseos son grandes, y con una sola vida os sirvo pues más no puedo.

"Y más sería hombre perdido que esforzado, el que sin vos, vivir quisiese; que allí podría bien decir Braçayda, quejándose de la poca fe de los hombres. Y aunque yo la muerte me desease por no dar mengua de ellos, era deuda que les debía, especial que ninguna cosa de aquellas me mueve sino vuestro amor que me hizo tan próspero y alegre en la vida. Así ahora desesperado y triste me veo en la muerte. Y quién se dispuso a la gloria, que se disponga a la pena.

"¡Oh!, si a todos fuese tan público como a mi, por ser toda la causa de cuanto mal vos cometisteis, a vos libre y a mi condenado harían.

Mas mi ventura no salva que den muerte a quien no la merece, y salva al que la bien merece.

"¡Oh, qué maldad sería si viese en vos la pena de mi culpa!

"Mas, pues no vale verdad ni justicia, yo de mi haré justicia. Y según el gran dolor que me da el perderos, es despojo de la vida. Y pues en mi ningún tormento igual a tan grave mal no es, bastante remedio es el que me dais con tan pequeña pena como la muerte.

"¡Oh, bienaventurada muerte que tales angustias y pasiones me sana! Ella es verdadera amiga de los corazones tristes, con la cual, pues el cuerpo no puede, el alma os seguirá."

El autor:

Cuando Grisel dio fin a sus palabras, procuró de dar fin a su vida. Y en el fuego de vivas llamas se lanzó sin ningún temor, tanto que, aunque remediarlo quisieron, no fue cosa posible. Y Mirabella lo quiso seguir, mas Braçayda y las otras damas y doncellas que con ella estaban, de las llamas del fuego a fuerza la quitaron. Y luego la Reina, con otros caballeros, llegaron a suplicar al Rey perdonar la quisiese, y pues que del cielo vino por maravilloso milagro dar muerte a quien la merecía, que contra la voluntad de Dios, no diese pena a quien no la merece. A lo cual el Rey no otorgaba ni contradecía, salvo que los remitió a los de su consejo. Con los cuales, ligero fue de alcanzar no diesen la muerte a Mirabella, si ella después no la buscara. La cual, como vio sacar muerto del fuego a su amado Grisel, no sé cómo escribir las lástimas que ella dijo.

Mirabella:

-¿Cómo es posible que yo sin ti, mi amado Grisel, pudiese vivir? Y tú dando fin a tus males, diste comienzo a los míos.

"¡Oh, apasionada yo!, que vosotras, señoras, que a fuerza la vida me dais, si sintieseis mi tormento, la muerte me escogeríais por buena. La mejor es súbdito, obrando padecer, que tristeza y pavor de hacerlo escapar. Y no es piedad la que conmigo usáis, sino muy enemiga crueldad. Y como no sería mejor, con una ligera pena, fenecer tantas pasiones, vosotras por hacerlas más crecidas, queréis que viva días muertos en vida.

"Y el fin que ahora me quitáis, en breve no se excusa. Ya fueran mis males fenecidos y vosotras no queréis que fenezcan. Pues no creáis que amor sea tan poco poderoso, que quitar pueda tan grande fe. Y así que no pienses, amado Grisel, que no te siga. Mas espérame para que las estrechas sendas me enseñes, y entre los muchos muertos no trabaje en buscarte.

"¡Oh, Grisel! Es cierto que ya no vives, ante mis ojos te veo muerto, y a penas lo puedo creer. Mas como los sueños muchas veces me engañan, deseo esto sea de aquellos soñados sueños. Ya querría tomar alguna esperanza con alguna falsa imaginación que vivo te me representases, mas que aprovecha que el dolor dudoso se cree por cierto, ¿cuánto más el que es verdadero?

"¡Oh!, atribulada yo, que tanta pena me da el deseo de verte. Pues que es de ti, tan alejado de mi fin, esperanza de jamás verte.

"¿Cómo lo sufrirá aquélla, que ni una hora sola sin ti podía vivir, sabiendo que vivo y alegre estabas? Pues no creas que tú salido de penas, dejes a mí en la vida de ellas. Que la fe, entre tú y yo dada, quiere que te siga cuando poder tenga.

"Y bien perdonarás mi tardanza, pues ahora más no puedo. Pero yo satisfaré a tus justas quejas y al dolor de mis sobradas penas. Y pues cierto puedes esperar, de nada te desesperes.

"¡Oh!, qué certeza del amor que me tenías, me da tu muerte. Ni sé con qué te pague tan gran cargo, salvo si cumplo en que muera dos veces. Una en verte morir, y otra en matar a mi misma. Y si más te debo, ninguno puede pagar lo que no tiene, que como te dije, poca cosa es según nuestro querer sufrir una muerte, aunque la voluntad querría padecer muchas. Por ende, no podría loar el perder una vida, que muchas tendría en poco perderlas por ti."

El autor:

Estando así Mirabella en pena no conocida, fue llevada al palacio de la Reina, su madre, donde muy consolada la presumía hacer. Pero ella jamás quiso cosa ninguna, salvo continuar sus querellas. Y una noche, la postremera de sus días, no pudiendo el amor y muerte de Grisel sufrir, por dar fin a sus congojas, lo dio a su vida. La cual esperó tiempo que los que la guardaban durmiesen, y como ella vio el tiempo dispuesto, y en su libertad, se fue en camisa a una ventana que miraba sobre un corral donde el Rey tenía unos leones, y entre ellos se dejó caer. Los cuales no usaron con ella de aquella obediencia que a la sangre real debían, según en tal caso los suelen loar, más antes miraron a su hambre que a la realeza de Mirabella, a quien ninguna mesura cataron; y muy presto fue de ellos despedazada. Y de las delicadas carnes cada uno contentó al apetito.

Y después que recordaron los que a Mirabella guardaban, y vieron que en la cama no estaba, temieron aquello que después hallaron verdad. Y como la Reina y las damas vieron la beldad de aquella doncella crudamente fenecer de tan rabiosa muerte, sin escribir está bueno de presumir el extremo y grandeza de sus llantos. Pero porque yo no podría figurar cómo eran tan dolorosas cosas, no quiero sino dejarlo a quien pensar lo pudiere.

El autor:

Después de la muerte de Mirabella, quedó la Reina tan enemistada con Torrellas, que por maneras secretas le buscaba la muerte. Pero por temor que de allí, el Rey no tuviese enojo, cesaba de hacer lo que la voluntad quería. Pero la fortuna, que sabe buscar a quien desama, desaventura hizo: que Torrellas se enamorase de Braçayda. El cual acatando sus muchas gracias, fue preso de su amor. Y pensando remediar su pena, sufría por no osarle pedir aquello que tan mal merecido tenía. Pero esforzándose en su mucho saber, presumía que él desamando alcanzaría mujeres más que otro sirviendo. Y con esta loca confianza, acordó escribirle manifestándole sus pasiones en la manera que se sigue.

Carta de Torrellas a Braçayda:

"¿Qué mayor prosperidad puede ninguna persona pedir, que venganza de sus enemigos? La cual ya vos señora tenéis. Que mi desdicha y vuestra ventura han querido, que mis yerros contra vos cometidos, con doblada pena pague. Porque de vos, y de vuestras gracias, me veo tan sojuzgado que ninguna parte de mi es mía.

"Mas así como del todo os fui enemigo, del todo os sea prisionero. Y hombre tan malo contra mujeres, en razón cabe que con las malicias igualen las penas.

"Mas porque es mayor mi tormento que el agravio que de mí recibisteis, éste da lugar a que me queje: porque más de lo que debo me hagáis pagar.

"Ya querría otra vez ir a juicio, porque si de derecho diez muertes os debo, dais mil. Y cuando por esclavo me desecháis, ¿quién me tomará libre? Por lo menos sé que vos, suelto o preso, me aborrecéis. Mas yo no manifiesto mis males con esperanza de remedio de ellos. Pero pensando en qué serviros en pago de lo errado, quise alegraros con mi atribulada vida. Pues mis tormentos os serán deportes. Y creyendo que ninguna otra nueva os sería más alegre que ésta, como quien serviros desea, os envío placeres con la muerte de mis fatigas. Y mirad la voluntad de mi desear serviros, que siempre los discretos deben encubrir sus desaventuras a sus enemigos. Mas yo forzado de amor, carezco de buen juicio, y quiero mis males descubrir a quien me los codicia mayores. Y debía buscar piedad de alguna persona que de mi la hubiese, y pídola a quien mi muerte aún no la haría contenta.

"Mas yo no vine a pedir merced pues no la merezco, sino a servir y morir por pagar la deuda que debo. A serviros por vuestros grandes merecimientos, y morir por las cosas pasadas en que mostráis de mi ser deservida. Y así contra mujeres pequé, por ellas muera. Y principalmente por vos: a quien yo he más errado, mejor satisfaga. Pues ved de qué manera queréis la venganza de mi, que cuantas penitencias quisiereis darme, serán mercedes merecidas.

"Mas aunque claro parece, quiero que sepáis que cuando algunos, en lugares de estado y excelentes personas, presumen de amar como yo presumo, con mucho afán y servicios trabajan y nunca alcanzan. Y mueren sin galardón esperar. Pues, ¿cómo esperaré yo que en lo contrario siempre he trabajado?

"Mas quien desdichado ha de ser, así le está ordenado: que de quien haya de ser mucho suyo, enemigas obras le hagan ajeno.

"Mas así convenía que fuese: que por el mal conozca la virtud, pues con el bien la negaba.

"¡Oh!, maldicha seas fortuna que así mi sentido privaste contra aquéllas por quien todas las gentilezas e invenciones se hacen. Yo perverso malo inventaba malicias.

"¡Oh!, maldita la hora en que tal pensé, y el punto, en que por desenvoltura, tomé decir mal de aquéllas que los virtuosos en loarlas se trabajan. ¿Qué locura me hizo a mi tan extremo enemigo de aquéllas que todo sabio amistad procura?

"Y cuando alguno quiere contra las damas maldecir, con malicias del perverso Torrellas se favorece. Y aunque digan lo que yo por ventura no dije, mi fama me hace digno que se atribuyan a mí todas las palabras dañosas contra mujeres. Y esto porque de los yerros ajenos y míos, haga ahora penitencia. Y en cuánta fatiga soy triste venido, que allí donde más servido había de tener, haya tanto enojado. Esto mis faltas lo merecen: que cuanto más alejado de esperanza me viere, más presto a la desesperada muerte me acerque.

"Y mi desventura es tan grande, que yo no le sé remedio, ni sé con qué justa color, piedad os pida. Salvo si vuestra nobleza quiere mirar, que cuando el errado, por el perdón se publica, gentileza, no quiere venganza del que se rinde vencido. Y sólo esta confianza que en vuestra virtud espero, me hace no buscar con mis manos aquélla que es fin de todos los males. Mas quiero yo darme una poca esperanza: que usareis conmigo como Dios con los pecadores. Y no tomo más largo término: cuanto vuestra temerosa respuesta me llegue. Y ésta suplico sea con deliberado consejo escrita, porque con la enemistad que me tenéis, llena de furiosa ira no venga. Pues mejor es de los enemigos recibir servicios, y viviendo darles continuada pena, que no dejarlos morir. Pues la muerte, en los ánimos nobles, es la menor parte de la venganza."

El autor:

Braçayda, como recibió la carta de Torrellas, sin tardanza la puso luego en poder de la Reina. La cual, como su deseo era buscarle la muerte, le pareció que por aquella causa lo podría más presto traer a lugar secreto, donde sus sañas tuviesen entera venganza. Y rogó a Braçayda una graciosa carta le respondiese, concediéndole en ella más de lo que por él le era demandado. Porque con el engaño recibiese de ellas la muerte. Y luego por Braçayda fue puesto en obra. Y en tal manera a Torrellas responde.

Respuesta de Braçayda a Torrellas:

"Y en todas las empresas que vos contra las damas tomáis, ventura os es favorable. ¿Cómo os quitaréis la bienaventuranza que Dios contra nosotras os dio, pues que todas con amor o temor os han de querer? Y puesto que no os amen de fuerza o de grado, les haréis amar, lo cual veo claro, pues que yo jamás a vos en ninguna cosa he enojado, y me fuisteis tan invencible guerrero, mayormente lo seríais si ahora contradijese vuestro querer. Especial, pues conocéis tanto de los secretos nuestros, que si yo hiciese mucho del honesto, parecería que de enemistad más que de honestidad procedía. Y por esto estoy en grande diferencia, que no sé qué hacer. Porque si ya viniese en el cumplimiento de vuestros deseos, tan presto daría lugar dijeses lo acostumbrado, juzgando mi presta disolución. Y de la otra parte, si no lo hiciese, sé que diríais que vuestras malicias, y no mis deseos, me quitan de ser vuestra.

"Pues querría ahora teneros conmigo, para ver en tal caso qué me aconsejaríais. Mas pensando en ello, adivino lo que me diríais, y sería esto: que a los malos debemos mucho contentar, porque de sus lenguas no nos lastimen.

"Así, yo he acordado de darme por vuestra, por probar si con el bien venceré el mal. ¿Y qué mayor partido puede hacer ninguna, salvo tener tregua con vos? Especial, la que tenga entera amistad presumirá tanto de grande señora, que así querrá con el solo tener a vos, mandar la mayor parte del mundo. Y por cierto yo me creo, si enteramente quisiereis así alguna loar, como todas habéis menguado; que la que tal dicha hubiese con vos, digna de noble fama la haríais.

"Y como tenéis tan buena gracia afeando, mejor la tendríais loando si alguna bienaventurada en su favor os hallase. Y tanto deseo yo ser aquella, que no sé qué me pidáis que no lo otorgase. Si quiera por veros contradecir las cosas ya dichas, por ver si en vuestra boca podría caber loor de mujer alguna.

"Por cierto, no hay ninguna cosa tan grave de hacer que a mi no fuese ligera, si con ella pudiese haceros amigo nuestro. Entendiendo, que el mayor servicio que a las damas podría hacer es haceros de nuestra valía. Porque siendo de nuestra parte, no recibiríamos aquellas menguas y ofensas, que quien quiere presume ya de hacernos. En especial, después que yo contra vos pensé oponerme allende de las injurias que antes recibíamos; después de condenadas, quien no sabe hablar, busca lengua prestada para maldecir de nosotras.

"Y por esto deseo, pues que por mi las damas tuvieron tan grande culpa, que por mi causa, ganando a vos, sean exaltadas. Pues bien sé que en vuestra mano está el favor y vituperio. Y han de loarme los que lo supieren, tanto de avisada, como me culparan de poco honesta.

"Así que muchas causas me mueven a hacerme vuestra, en lo cual, no entiendo caer en mengua ni yerro que a las mujeres condene. Antes sería mayor, si diese lugar a que vuestras injurias me ofendiesen. E infamada, sin obrar el placer que amor da a los suyos, o loada con deleite, mejor es loada con placeres, que honestidad con vituperio.

"Yo entiendo, que no es más la virtud en la mujer de cuánto vuestras palabras quieren, y cómo sería locura de quien procurase la guerra contra tan grande guerrero. Así que, señor mío, toda paz quiero con vos. Y si vuestra condición no quiere conmigo amistad, pues que vos la pedís, a lo menos seguro quiero me deis la fe, si bueno contra mujeres no podéis ser: en no serles dañoso tendremos por partido.

"Aunque según lo que por vuestra carta decís, ya me parece que os conocéis en la culpa, y os arrepentís de lo errado. Y no era menester conmigo tan grande temor. Pues en vuestra mano está el bien o el mal que en las damas consiste.

"Como a mi pedís que vuestra vida escape, bien sé que conocéis, que al mando vuestro ha de obedecer quien queréis. Y por esto, no conviene sino que os sirváis de quien os agrade, pues que tan perdida va ya la virtud, porque por fuerza y no por amor se sojuzgan. Esto no porque yo forzada venga a ello, mas tampoco no movida de afección de vuestros servicios, mas sin embargo en lo que cada día acaece: que las voluntades más enemigas, viniendo a la amistad, con mayor fe se conservan.

"Y así puede acaecer, que vos por satisfacer lo errado, trabajaréis doblado en placerme, o a lo menos, de enemigo tan grande hacer un amigo pequeño, entiendo que es ganarlo.

"Y quiero sobre todos los hombres, daros en pago de cuantas injurias ya dijisteis, lo que alguno verdaderamente amando, y mucho sirviendo, de mi no pudo tener. Y que vos mal obrando, y peor sirviendo, lo alcancéis.

"Pues que queréis, quiero lo que fuerza vence. Y como publicáis los yerros que no pensamos, quizás loaréis éste que cometemos. Y más quiero tomar aventura en amaros, que tener tan conocido enemigo en aborreceros."

El autor:

Venida a poder de Torrellas la respuesta de Braçayda, tan alegre y soberbioso se puso, que ninguno tan prosperado creía hubiese.

Y mirad qué tan malicioso era, que no pudo su mal secreto guardar, que aquella carta con otros galanes no comunicase. Loando así, y menguando aquélla que más cara de lo que él pensaba era de tener. Pero el mal aventurado no pudo conocer aquel engaño de la muerte que, en la presta piedad de Braçayda, se escondía. Y él juzgándola por ligera de vencer, fue el más ligero, simple y neciamente vencido.

Con solicitud procuró de verse con Braçayda, pensando cómo más presto sus deseos hubiesen fin, y el triste, procuraba la cruel muerte que escondida le estaba. Y después que muy oculto por tercera persona concertó de verse con ella en lugar secreto, la postrera noche de su vida, ya llegaba.

Se fue a los palacios de la Reina, y entró en la cámara de Braçayda, en donde aposentada estaba. La cual con una falsa risa, en las partes de fuera se mostró alegre por más satisfacer a Torrellas. Y él no conociendo el oculto engaño, con una graciosa desenvoltura, muestra señales de verdadero amor; y tales palabras comienza

Torrellas a Braçayda:

-Tanto crece la alegría de mi bienaventuranza, que deseo la muerte con temor que no venga tiempo que me quite este placer que poseo.

"¡Oh, cuán bueno sería morir antes que fortuna movible me derribase de tan alta silla!

"Y dejando de encarecer mi victoria, a vos que tanto conocéis la estimación de ella, esto quiero de mi sepáis: que si no dijerais, como me escribisteis, que por fuerza venís a mi querer; no fuera yo tan poderoso que con tan sobrado deleite pudiese vivir. Que no podría sufrir tan alta gloria. Pues que no menos mata el demasiado placer, que la insoportable pena en las voluntades tristes. Mas si yo puedo sostener la vida, que con la fuerza de tan grande gozo no muera, es porque escribisteis, más por fuerza que por voluntad: cumplíais mis deseos.

"Y en esto me fuisteis algún tanto piadosa, por no darme justamente gloria que sufrir no podía. Pero con todo, de aquí en adelante ya seré usado de vivir alegre. Y querría, por amor, más que por fuerza, recibáis servicios. Porque en tal caso, por fuerza tenidas mercedes, dan pena a quien las hace, y ningún placer a quien las recibe. Porque en los casos de amor no hay otro deleite, sino querer y ser querido. Y todo virtuoso debe procurar el deleite de su amiga más que de si mismo. Y por esto yo no quiero de vos, señora, mercedes, si la secreta voluntad no consiente en ellas; que yo por amado procuro serviros, que amar a vos sin vos, ser encargo que para mi me lo tenía. Y no quiero por fuerza, aquello que sin amor no da gloria."

Respuesta de Braçayda a Torrellas:

-Muy cumplidas queréis, Torrellas, que se hagan todas vuestras cosas. Pues no creáis tan presto, tener aquello sin trabajos que otros, afanando y muriendo, tener no pueden. Ni queráis a vos hacer tan digno, que tengáis injuriándome, lo que otros no han tenido sirviendo. No quiera vuestra soberbia forzar amor, el cual más por servicios que por injurias se vence.

"Y vuestro malvado propósito contra las mujeres, no se contenta de haber nuestras honras en grande bajeza traído; sino que presumís que por temor de vuestras malicias me vencéis. Aquí podríais bien decir, como ya dijisteis: cuando a los enemigos que debemos dar pena, damos gloria, a los amigos al respecto, ¿qué les daremos?

"Pero sed cierto, que tal malicia en tal caso, no tendrá lugar; mas tendréis según vuestras obras la pena. Y quitaos de amores y proveeros de contrición verdadera y paciencia para la muerte. La cual, de aquéllas a quienes ofendisteis, cruelmente habréis de sufrir.

"Y aunque femeninas sean sus fuerzas, ninguno las ofendió que sin ofensa quedase. Y porque vuestra muerte ponga a los tales castigo, la habemos buscado tan cruel, que yo en pensar vuestros tormentos me espanto."

El autor:

Estando Braçayda en tal razonamiento, vino la Reina con todas sus damas, que en acechanza estaban de Torrellas. Y aquél, después de arrebatado, lo ataron de pies y de manos, que ninguna defensa de valer se pudo.

Y fue luego despojado de sus vestidos, y le taparon la boca para que no se pudiese quejar; y desnudo, fue a un pilar bien atado. Y allí, cada una traía nueva invención para darle tormentos. Y tales hubo, que con tenazas ardiendo, y otras con uñas y dientes, rabiosamente le despedazaron. Estando así medio muerto, por crecer más pena en su pena, no quisieron de una vez matarlo, porque las crudas y fieras llagas se le enfriasen y otras de nuevo viniesen. Y después que fueron así cansadas de atormentarle, de grande reposo, la Reina y sus damas a cenar se fueron allí cerca de él porque las viese. Y allí platicando las maldades de él, y trayendo a la memoria sus maliciosas obras, cada una decía a la Reina que no les parecía que cuantas muertes a aquél mal hombre se pudiesen dar, aunque pasasen largos años, no cumpliría aunque cada noche de aquellas penitencias tuviese. Y otras decían mil maneras de tormentos, cada cual como le agradaba.

Y tales cosas pasaban entre ellas, que por cierto yo estimo, que ellas daban al cuitado de Torrellas mayor pena que la muerte misma. Y así vino a sufrir tanta pena de las palabras, como de las obras.

Y después que fueron alzadas todas las mesas, fueron juntas a dar amarga cena a Torrellas. Y tanto fue de todas servido con potajes y aves y maestresala, que no sé cómo escribir las diferencias de las injurias y ofensas que le hacían. Y esto duró hasta que el día esclareció.

Y después que no dejaron ninguna carne en los huesos, fueron quemados. Y de su ceniza, guardando cada cual una bolsita por reliquia de su enemigo, y algunas hubo que por collar, en el cuello la traían. Porque trayendo más a la memoria su venganza, mayor placer tuviesen. Así que la grande malicia de Torrellas, dio a las damas victoria, y a él pago de su merecido.

Acaba el tratado compuesto por Johan de Flores, donde se contiene el triste fin de los amores de Grisel y Mirabella. La cual fue a muerte condenada, por justa sentencia disputada entre Torrellas y Braçayda, sobre quién da mayor ocasión de los amores: los hombres a las mujeres o las mujeres a los hombres. Y fue determinado que las mujeres son mayor causa. Donde se siguió, que con su indignación y malicia, por sus manos, dieron cruel muerte al triste de Torrellas.

Deo gratias.

FIN